沿着一条河流北上

陵少 著

中国言实出版社

图书在版编目(CIP)数据

沿着一条河流北上 / 陵少著 . -- 北京 : 中国言实
出版社 , 2022.4
ISBN 978-7-5171-4099-3

Ⅰ . ①沿… Ⅱ . ①陵… Ⅲ . ①诗集—中国—当代
Ⅳ . ① I227

中国版本图书馆 CIP 数据核字（2022）第 049300 号

沿着一条河流北上

责任编辑：张馨睿
责任校对：宫媛媛

出版发行：中国言实出版社
　　地　址：北京市朝阳区北苑路180号加利大厦5号楼105室
　　邮　编：100101
　　编辑部：北京市海淀区花园路6号院B座6层
　　邮　编：100088
　　电　话：010-64924853（总编室）　010-64924716（发行部）
　　网　址：www.zgyscbs.cn　E-mail：zgyscbs@263.net

经　　销：新华书店
印　　刷：北京中科印刷有限公司
版　　次：2022年7月第1版　2022年7月第1次印刷
规　　格：880毫米×1230毫米　1/32　6.5印张
字　　数：130千字

定　　价：58.00元
书　　号：ISBN 978-7-5171-4099-3

自序

陵少

这本诗集终于要与大家见面了。这是我的第一本诗集，关于这本诗集，我准备了很长时间，原本不想这么急于向大家呈现，后面因为一些事情，逐步改变了自己的想法，我想通过这本诗集，对自己近十年的创作，进行一个阶段性的小结，诗集分六个小辑：北上、南寄、阿丽亚、山水之间、在玉茯祥、故园旧事，大家或许能够通过阅读，从中发现一些我的个人成长足迹和艺术追求、思考向度。

关于诗集的命名，我一直很纠结，最后定名为《沿着一条河流北上》。这个名字，首先来源于我的一首诗；其次，这本诗集中有两小辑分别为南寄和北上，我从南方的荆州，来到首都北京，这是我诗歌地理坐标的漂移。这个漂移的载体，是一条河流，在地理上，你可以理解为长江或者是大运河，一种事实上的河流；但在精神层面，它是一条文化的河流，是楚辞的源远流长，是汉语诗歌。

读高中时我就爱上了诗歌。最先读到的是教材中的郭沫若、闻一多、臧克家、艾青、郭小川、贺敬之，后来又读到了徐志摩、戴望舒、汪国真和席慕蓉，但整体来说阅读视野十分狭隘。但是我比较幸运，十八岁时，顾城的一首诗，点燃了我。至今我还清晰地记得，在大教室里，那么多人中，那首诗就像一道闪电，直击我的心脏，让我犹如雷击一般，时间停顿了，外面的一切都不见了，只有那两句话，不断地在脑海里萦绕回荡——"黑夜给了我黑色的眼睛，我却用它寻找光明。"对！就是这首《一代人》，开启了我对现代诗的探险之旅。从那个时候起，我读了大量中外诗歌文本，也是在那个时候，我开始了自己的诗歌创作。

在这里我还要特别感谢铁舟兄，感谢章池，感谢荆州爱好诗歌的朋友们。从严格意义上来讲，我的诗歌写作应该是从2010年11月14日开始，那是在《荆州晚报》与《荆门晚报》联合举办的"秋天物语"采风笔会上，铁舟兄点燃了我的创作激情，让我开始了真正意义上的、自觉的诗歌创作。

关于我的笔名，在这里简单向大家做一个交代。最开始我的笔名叫"青衣陵少"。"青衣"，在我眼中，那是京剧里面最美丽的女子形象。"陵少"，首先是跟我的出生地有关，我出生于原荆州地区江陵县；其次是跟我的性格有关，我是一个完美主义者，最喜欢的完美人物形象是黄易先生《大唐双龙传》里面的主人公徐子陵，徐子陵也被称为陵少；最后一个原因就是杜甫世称杜少陵，我意图反其意而用之。

　　人到中年之后，很多事情其实都已经看得很清楚了，知道自己内心最渴求的是什么。对于我来说，"北上"应该是我诗歌创作过程中一个非常重要的分水岭。我至今还清楚地记得，2018 年 6 月，在山东高密参加自然资源文学论坛时，冯秋子老师对我说，有机会的话，你一定要离开你生活的那个城市，离开自己的舒适区，到北京来看一看，如果一个人始终待在自己的舒适区，那其实是一种向下堕落。正是因为有了冯秋子老师的这一席话，我才更加坚定地来到北京。机缘巧合下，我成了中国自然资源作家协会驻会作家。

　　在北京最初的两年里，我对自己的创作并没有太多的规划，只是想尽可能地给自己补课，尽可能地利用这段时间，补上那些应该阅读而还没有阅读的经典作品。但是现在，我对自己的创作有了规划，未来我将会更多地进行主题写作，未来的创作可能会是一本书一个主题，将来我会沿着生我养我的长江，沿着黄河，沿着大运河反复行走，践行古人所说的读万卷书、行万里路，争取能够写出一些令自己满意的作品。

　　到北京之后，我的写作风格发生了很大的变化，有了所谓的新气象。我想这可能是因为我自己阅读面的拓宽，以及自己视野上变得更加开阔，当然，还有可能是因为自己在不断的写作实践之中发现并解决了一些自己之前写作中存在的问题的缘故。

　　对我而言，诗歌是一门最高级的语言艺术，它对文字的挑剔是其他任何一种体裁所不具备的。但只有语言技巧，是远远

3

不够的，我始终认为，诗歌的真功夫在诗外。

我始终认为，诗歌的本质是抒情，无论写法如何变化，诗歌的抒情本质不会发生改变。对于一个诗人来说，首先要做到的是一个"真"字。诗歌要求的真，首先是情绪上的真，这是一切的基础。我个人非常不喜欢那种一味夸大苦难，站在道德高处，以悲天悯人姿态写作诗歌的诗人，同时，那种对生活中的苦难视而不见的诗人，我也不喜欢！其次，诗歌不能脱离生活，要在生活中，放下姿态。我一直认为，诗歌在低处，生活中处处有诗，关键是看你怎么看待。如果你一直高高在上，目光一直盯着那些宏大的事物，那么你就看不到生活中的美，老子说过道在低处，其实美也是。只有你俯下身来，把自己放低，你才会发现生活中的诗意。我们常说的"真善美"，"真"是第一位的，然后才是"良善"与"大美"。

关于诗歌追求或者说是诗歌理念，这些年来我一直坚持"在场、当下、疼痛、打动人"的理念。怎么理解呢？简单地说，你的创作不能脱离你的生活，你的作品不能如空中楼阁一般，必须要有根基，必须建立起跟当今社会的联系，必须感情真挚，有痛感，有冲击力，能够感染人、打动人。所谓"在场"，这里实际上是一个空间概念，就是说诗歌写作的过程中，作者一定要在现场，也就是说作者一定要把自己的情绪和情感代入诗中，而不是离场的、缺席的，不是让人读起来觉得整首诗歌与作者无关，仿佛呈现出一种游离或隔着什么的状态；所谓"当下"，这里指的是一个时间概念，就是说我们的写作不能脱离自己所生活的时代，我们的写作就是在写自己的生活，写我们熟悉的东西，是及物的写作，而不是那种虚无的写作；所谓"疼痛"，就是指诗歌要有冲击力，要有力量，要有激情，要有生命力，而不是那种绵软的、无病呻吟的情绪，当然，我这里对"疼痛"的含义作了一定程度的衍生；所谓"打动人"，是指诗歌的感染力，一首能够"打动人"的诗歌，可以牢牢抓住你的视线，把你代入到它的情绪里面，让你随着作者的情绪起伏而心情变化，在情感上使你与之共鸣。

　　啰啰嗦嗦说了这么多，希望大家在阅读时多多包容！

目录

第一辑

北上

1
—
16

沿着一条河流北上 / 3

迟到的月亮 / 5

低处的神灵 / 7

佑圣寺的下午 / 8

南礼士路的春天 / 9

在北京看人移栽丁香 / 10

己亥年清明书 / 12

一个人在异乡望月 / 14

第二辑　南寄

17
—
30

竹枝词组诗 / 19

南寄一 / 19

南寄二 / 20

南寄三 / 20

南寄四 / 21

南寄五 / 22

南寄六 / 23

南寄七 / 24

南寄八 / 25

南寄九 / 26

南寄十 / 28

第三辑　阿丽亚

31
—
42

像大海一样哭 / 33

银杏树下 / 34

寻找萤火虫 / 35

去孙都寻一个故人 / 36

午夜的林荫道 / 37

小夜曲 / 39

月上周庄 / 41

第四辑

山水之间

43
—
68

黄河组章 / 45

　　大风歌 / 45

　　忆昭君 / 46

　　黄河谣 / 47

　　库布齐沙漠抒情 / 48

　　乌梁素海狂想 / 49

泰山组章 / 52

　　夜咏 / 52

　　写给泰山 / 53

　　再致泰山 / 54

泸州组章 / 56

　　忆李白，兼寄马力诸友 / 56

　　忆秦娥 / 57

　　醉秋风 / 58

在昌邑 / 59

　　潍河抒怀 / 59

　　在下营看落日 / 60

　　柽柳 / 61

贵州组章 / 63

西江听月 / 63

潕阳河 / 64

在梵净山 / 65

白鹭 / 66

赞美 / 69

酉时抒怀 / 71

小年夜，在玉茯祥饮茶 / 72

赞美诗 / 73

闻道之夜 / 74

玉茯祥小夜曲 / 76

夜寄 / 78

月光下 / 80

波光中 / 81

夜色里 / 82

暴雨中 / 84

白露 / 86

赞美 / 88

第五辑 在玉茯祥

67
—
88

第六辑　故园旧事

89
—
190

九龙寨城 / 91

夜行偶得 / 93

听一首英文歌 / 94

中秋月 / 96

往生之门 / 97

记梦 / 99

过东荆河 / 102

文湖公园的下午 / 103

玉兰花 / 106

大湖 / 108

夜行 / 109

冷水花 / 111

立夏书 / 113

15 路公交车站 / 115

关帝庙前 / 116

致沃尔科特 / 118

夜游老南门 / 120

致南竹、陈恳诸兄 / 122

文湖公园的夜晚 / 123

南纪门夜行 / 125

婚纱照 / 127

镜中 / 129

有所思 / 130

记忆 / 132

写给 2017 年的雪 / 134

红月 / 136

在八岭山 / 137

冷风吹 / 138

十六个灯笼 / 139

过北湖路 / 140

生日或谷雨 / 142

风会把我带进屏幕 / 143

追蝴蝶 / 145

良夜 / 147

碎片 / 148

杜鹃 / 150

下武汉 / 152

夜憩潜江 / 154

掏 / 156

陀螺 / 158

毛月亮 / 159

丢失在秋风中的苏格兰 / 161

旧汗衫 / 162

端午 / 163

每块田都有自己的名字 / 165

那束光 / 167

孤单 / 168

栾树 / 169

突然想起陈子昂 / 170

炸米花 / 171

误入人间的麻雀 / 172

小山丘 / 173

在黄埔军校旧址 / 174

鸽子 / 175

蚊帐 / 176

小寒 / 178

姿势 / 179

梦回西园 / 180

大寒的月亮 / 181

冠豸山抒情 / 182

第一辑

北
上

沿着一条河流北上

单向空间里，我们和
保罗·迪马克一起坐在一条船上
他来自1901年，从遥远的意大利
到中国寻找弟弟

我们沿杭州、无锡，到淮安
再一路北上。那个被唤作"小波罗"的
男人，最终死在通州
这条人造河的最北端

后来，我们在另一个人的叙述里
反复北上，从辛丑年开始，到
2014年结束。这个敦厚的中年男人
试图用汉字，重新唤醒
一条死去的河流，它曾因庞大的
河道疏浚工程，拖垮了帝国的经济

改变方向，我从张家湾
沿着乾隆的线路南下
到临清，站在
寂静的码头上，却怎么也看不到
明清闲书里面的繁华景象

3

"淮左名都，竹西佳处"
曹雪芹和我，在扬州城相遇。而此地
因此也成为近代汉语最伟大的
发源地。这条被红移的河流
在这里，重新流进我的生命

被运河消解的故事
因漕运结束而停滞
而汉语里的波澜壮阔
让一本书脱离历史
在语言中永存

今夜，我们坐在单向空间
却沿着两个方向从
不同认知里，重新回到运河
但不是每个人都
——找到了答案

2019 年 1 月 18 日写于参加徐则臣《北上》新书发布会。

迟到的月亮

那一年，我两岁
怎么也没办法喊出那轮
俄罗斯月亮，是你
替我加入他们的对话
在尼古拉一世与普希金虚构的
会面中，替我流下
缺席者的眼泪

1986 年夏天，那轮
被 T.T 重新命名的月亮
33 年后，终于照到我的身上
那时候，我一个人站在
漆黑的巷子里，呆呆望着
被电线无序分割出来的天空
那轮被分割了的月亮
照亮了我身后的万物

可那时间之外
和我同样凝视过它的人呢？
是否也同样被照亮过？

还有，它能不能照亮虚无？
并在虚无中照亮自己？

要是可以，请你告诉我：
都有谁被它照亮？
又是谁让它照亮自己？

推翻藩篱后的澄明与自喜
让我回到从前，那一滴
遗失在汉语里的眼泪，我替你
重新流下……

2019 年 1 月 18 日

低处的神灵

比鸡树条更低的是碧冬茄
它们在阳光下开紫色的花
长春花以陌生的面孔
躲在它的下面

你蹲下来，被一只蚂蚁
拽入陌生世界：
一片鲜嫩的叶子下面
蜗牛卡在露水里，那只
趴在叶子背面打瞌睡的大青虫
它可曾梦见没有眼睛的蚯蚓？
来自杨花的颤栗，替它们看到了
我们看过的风景，除了麻雀
不会再有谁，会在我们死后
找出它们藏在花儿中间的秘密

这些被眷顾的微弱生灵
何其幸运啊！
没有生在乱世

2019 年 4 月 17 日
（发表于《星星》2020 年 05 上旬刊）

佑圣寺的下午

我也是佑圣寺那只误闯进来的
麻雀，不停地在低矮的蔷薇丛中
跳跃。又或者我是槭树下那个
在石条上打瞌睡的
乞丐，暖风中颤栗的那朵
紫叶地丁。而实际上
我什么都不是

……我只不过是春天里，一个
在语言中漫步的书生
无所事事地在佑圣寺的下午
仰望天上——飘浮不定的白云

你可以把我想象成那些
垂丝海棠和
永定河畔的垂柳和蜻蜓
如果愿意，你还可以

向那个乞丐梦里
吹一口气，我想他一定

可以梦到普希金

2019 年 3 月 31 日
（发表于《星星》2020 年 05 上旬刊）

南礼士路的春天

我也想像那个中年男人一样
跳到花坛上，对着天空
尖叫，我也想像他那样
拿出手机，在新吐的蕊中
找到春天，我也想
从这些相似的枝杆里，找出
崭新的词语，也想用
一片新芽，唤醒体内长久的沉默

……捧在他手中的玉兰花
已经衰败，但榆叶梅却开得正艳
迎春花，连翘和紫叶碧桃
这些羞答答的女子
从聊斋里走来，陪伴一个书生
在异乡度过了漫长的冬天

而在故乡，一个女子用颤抖的手
打开忍冬卷曲的叶子，在细微的心事里
她分明看到——
一个被春风

吹到了长安街上的少年

2019 年 3 月 28 日   9

（发表于《星星》2020 年 05 上旬刊）

在北京看人移栽丁香

他们准备把门口那排丁香树刨出来
那个老民工，穿着泛黄的绿军装
用锄头在树的底部，从外往里挖
每一锄头下去，都有"呲呲"的回响
——那金属和土壤的摩擦声与
他粗重的喘息声，混在一起。

树冠状的圆圈，在他背影下面
不断深入，不断扩大
直到露出隐藏在地下的
藤状根系。我的岳父，也干过这事
进城后，这个绿化管理处的
义务护林员，热衷于穿着环卫服
满大街种树。我在每年春天

也会到江堤上认领——植树任务
在堤边挖上几个洞，种上几棵分派的
树苗。但是现在
我看着他们把丁香树
抱起来，抬到三轮车上。

小心翼翼地用
春风催出来的

落了一地的紫色花穗

把那个大坑盖住……

2019 年 3 月 18 日

（发表于《星星》2020 年 05 上旬刊）

己亥年清明书

我从来没有见过你的童年
而昨晚，在梦中
我牵着你的小手
走在故乡的田埂上
眼前是江汉平原无边无际的
油菜花，身后是无比荒凉的
一座孤坟。我们在花丛中奔跑
长了翅膀一样

跑累了，你蝴蝶一样飞进花丛
而我就坐在坟地里，看你
在一瞬间长大——
看见骡马和花轿，把你带到
脚下这片土地
看你生下外婆……招赘女婿上门
看你抱着我母亲，给她头上
插上一朵栀子花，看你牵着
我的手，用三寸小脚
蹒跚地走在买馄饨的路上
那时候，燕子虽在堂前
而我，却没有长大

"呱——呱——呱"窗外，一只乌鸦把

我唤醒。睁开眼睛后，我清楚地看见

它从你坟前飞过，一滴露珠

从坟头的狗尾草上落下

你从泪水里跳出来

告诉我，梦见了妈妈

2019 年 3 月 29 日

一个人在异乡望月

即便把月亮望穿
你也不可能看清那个
跟你想像中完全不一样的
世界，你也不可能在这个
正在死去的衰老躯体里
找到那个被藏起来的
圆锥体。它把你困在这些环形之中
困在这深窒得见不到底的秘密里
让你在孤独背后，去体验巨大温差
带来的煎熬，即使在 38.4 万公里之外
你都能够感受到疼痛

它撕咬你。像一匹木马
孤独地旋转。在这旋转中
你感受到光，看到银子一样的清辉
洒向大地。那种无垠的纯粹与美，来自
死亡。来自我们身体里面相同的
元素。但是，我却无法告诉你
为什么我们在本质上遵循着相同的
规律，彼此间却有着那么大的差异

也许，一个冷冰冰的天体
也可能有一颗滚烫的心

当这轮全天下最美丽的月亮照见你时
你也就看到了有史以来所有时间里的月亮
你也就成了这全天下最多情的月亮

但它同时也是全天下最无情的月亮
甚至，它是落在你茶杯里冰冷的
倒影。那里曾经照见过樱花树下
一个女子的眼泪。而现在
它却只能照见——
薄情人的白发

2019 年 9 月 2 日

第二辑

南寄

竹枝词组诗

南寄一

乌桕树比栾树

更适合表达骨子里的激情

它们像火鸟一样燃烧

在大地的苍郁中跳动

三脚金乌也是，穿过蟾宫

从江汉平原一直跳到北京

光谷东的艳阳天和北京城里的雨

其实是同一事物的两面性

语言学里，清冷的夜风和被吹落的银杏叶子

构成了另一种因果关系

江西菜馆鄱阳湖鱼头热气腾腾的眼睛

让我们重新拥有宁夏、贵州和湖北口音

但回到诗里

追梦的人还是会用普通话把它们和故乡尽头

那一小块土地重新连在一起

那时候你可以有泪

但泪中不会有刚刚在眼前消逝的

她的背影

南寄二

机械工程馆的石台阶上
你的目光透过白杨粗壮的枝杆
和天空对话
那些看不到的星子像金色的阳光
从风的停顿处落下
带着银杏树隐隐的忧伤

一件红风衣把我们带走
带进墙壁后的陌生中
反时空方向走出来的你
眼神明亮羞怯
如我手中的叶子

更为奇妙的是：她们回来了
在清华园
除了石头，没有人知道
那一刻，我最先看到的是陈璧君
然后才是林徽因

南寄三

穿红衣服的女子来自南方

梦中，她是窗外国槐

豢养在北京的月亮

清冷、明亮

好像嘉靖年间老家的神童——

张白圭

祷词早已随史铁生

远去，让我好奇的是：

地坛公园，到底有没有见证他的爱情？

这人世间遗失的珍贵

就好像红衣女子从昆明湖水里

收集的黄金

而那一池湖水掀起的波澜

又恰似此刻

我乱如明月的心

南寄四

月亮穿过你

也穿过月坛小花园你留下的

影子，带来了故乡的雪

四只蜜蜂和五朵菊花

月亮照在地锦褐色的眼睛上

照在白杨的枝丫和铁皮松的斑点上
月亮从菜市口的废墟里爬出来
照在十八岁少年的吉他上
照得大地一片惘然

其实戊戌年立冬夜的月亮
什么都没有照
它是那么的忧伤
以至于从扬·瓦格纳的诗中走了出来
你重新看见那些死掉的麻雀
飞过空荡荡的天空

南寄五

静寂的操场上
孤独的影子一圈又一圈地
绕着既定轨道奔跑

这跑瘦了的影子
阳光下，会变得明亮
光彩会被投影在单杠的

绿色和蓝色中间
甚至会膨胀
——在麻雀的叫声里

但回到晚上，白杨树
光秃秃的枝干会让它
清醒，它会在乌鸦的
叫声里，重新奔跑

影子不停地跑
从小变大，再从大变小
它会遇到树、路灯
……和陌生的词语

每一次遇见它都会
颤栗，那些词语也会
颤栗，直到有光
从它的内部升起

南寄六
有所思
——与刘忠兄共勉

我们该如何去寻找
迷失在五道口北面
一个小巷子里的 60 年光阴？
该如何从那流逝里
找回 45 岁的自己？

23

是从银杏树光秃秃的枝干上
找回落叶和所剩无几的生命？
还是从落叶的死亡里
回到120年前的菜市口去？

是该用香烛和黄纸
唤醒那些沉睡的亡灵？
还是在语言里
唤醒陌生的自己？

面对没有尽头的死亡
乌鸦内心也有着
与我们相同的恐惧

……而遥远天际
一颗星星刚刚在自燃中
点亮自己

南寄七

庞大的挤压声碾碎
晨曦，把雪花藏在
阳光的深处，我们被
摇醒，涌入换乘站

寒冷的孤独中

梧桐树的叶子
已经落尽，而那些雪花呢？
它们的脸是否
还挂在行人昨日
匆匆的梦里

那些先于我们到来的大雪
你在它们翻出"雪个"的白眼里
看到了滚烫
也看到了惊慌
不会再有人像王子猷一样
乘着雪兴夜访剡溪

我们的雪花
全都死在
……折返的路上

南寄八

感谢这瞬间的停顿
让一只麻雀
从自己的左眼睛里
瞄着自己的影子

25

飞过头顶，而右眼
则在熠熠的阳光下
帮我过滤掉——
墙角的落叶和狗屎运

无人迹的巷子比鸟窝
更安静，它们在
光秃秃的国槐下面
保持哑默，而那些把枝丫
伸向天空的树木
比贸易争端中的企业
更有先见之明

被它们摒弃的花喜鹊啊
除了我，没有人
会用你羽毛上的白色
去唤醒一场雪的记忆

南寄九
——给湖北青蛙兄

深夜的紫禁城
夜风将银杏的叶子吹到我身上
青蛙兄，你不知道

在 21 路夜班车上，我一直
盯着那轮月亮在看
这通灵之物，纤细、柔弱
犹如一块被浊物沁蚀的芽玉

坐在窗户边上
我和几个夜班司机一起
在王府井大街恢宏的穹顶下
隐身于黑暗，后来
我一个人坐在西直门公交车站
斜靠广告牌，一只脚踏着不锈钢栏杆
又开始观察那轮月亮
这时候，它孤悬在嫩绿的银杏叶子上空
被风吹得在叶子中间晃动
很有一点像我们固守却又多变的初衷

青蛙兄，你不知道
午夜的北京城，行人真是少得可怜！

没有时间的执念后，等待的过程
何尝不是一种惊喜？这让你意识到
以前那些赶时间理由的可笑！
所谓忙碌，不过是自己为自己寻找
逃脱的借口。我们关心的那并不明朗的
经济形势和动荡复杂的国际环境

真的就比那些无用的诗歌重要？

何必有那么多的愤怒呢
一切其实都比我们想像中美好
你看：若不是误了这晚班地铁
我又如何可以那么轻闲地坐在这月光下
像古人一样，对你说这么多话
我又如何会在那来自大地深处的沉寂里
重新回到江汉平原的小镇上？
那时候我十二岁
正如痴如醉地在《西游记》里打妖怪

2019 年 4 月 13 日

南寄十
——兼致刘鄂

穿过枌枞，穿过沉香
穿过没有表情的陌生面孔
三个阿拉伯女子坐在
那床无比绚丽的羊绒地毯上
在青瓷釉纹里流逝——
我看到那些被分解掉的
线形间隙，在"神殿"里
被现代光影技术重新演绎

飘落的金黄叶子和

遣唐使一样孤独

在这无所事事的下午

我们都是岩田浩三

除了那个开头——"饱暖之后"

没有人能给出答案

但张小周还是

在纸上写下"青春作伴好还乡"

而我则在想：离开北京后

还会不会有一朵小花

插在我那满头白发的背影上？

2018 年 11 月 24 日

第三辑

阿丽亚

像大海一样哭

我们并肩走着
等待那朵浪花涌来
它在脚踝上留下细吻
把两个影子拴在
沙滩上。它们叠在一起
又一个浪打过来，你看
那些花朵从浪尖上跌落
但那影子没有消逝，而是
随着脚下的沙子往下沉

那些穿泳装的游客，他们对着大海
尖叫，像野鸭子一样奔向大海
被它吞没。他们并不知道
大海深处，有一个巨大的
图书馆。那里藏着一个
凄美的故事。那影子在哭
只有你知道，它是听了
那个故事后
在像大海一样哭

银杏树下

银杏树并不懂得悲伤
它们落下叶子时
有人正举杯邀月
酒中其实也有
爱情，不过
那得等你醒来后

你把眼泪里流出来的
两片叶子捡起，重新给他们
命名。火红的你称它
阿卜杜伊，金黄的
是你的阿丽亚

没有人知道
你重新回到这里
在皇甲古刹的僻静里
不过是为了怀念一场
一场从未发生的
爱情——

寻找萤火虫

我们坐在湖畔
坐在垂柳的倒影中
蟋蟀的歌声穿过月亮
从松间滑落

那些沉默的影子
沿着溪水流动
我从路边采来一朵
栀子花，捧在手里
对着群山呼唤
你的名字：
阿——丽——亚——

那声音惊醒了
池中睡莲，它
在群山的回响里
看见草丛深处
升起了萤火虫

去孙都寻一个故人

阿丽亚，我喜欢走你没有走过的路
去孙都，沿黄河——
崤函古道，穿邙山而下

我喜欢从高处
往下看。看那些链着古今的
阡陌小道，把我带进王黑子楼
带进涵洞，带进与你有关的

记忆中。我喜欢坐在鸡柏树下
跟迎阶草一起晒太阳。喜欢用脸贴着
晒得滚烫的栏杆，坐在你多年前
坐过的台阶上

在孙都，我其实
是一棵梧桐树，躲过雷劫
不栖凤凰，只是在等
一个人，从桥上走过
那时候，她
穿一身白衣服……

午夜的林荫道

阿丽亚，他们说我虚构了一个名字
两个酒杯和 365 个陌生的夜晚
他们还说，我虚构了那些
午夜到来的惊喜

他们哪里知道，一个人
走在风中的美妙。沿着白杨树
斑驳的影子，我可以一直走到
时间的尽头，走到另一个人的
梦中去

阿丽亚，他们不知道
迎面走来的那对年轻
情侣，手挽着手的样子
就像多年后我们老了一样
但现在，我却只能把它想象成
是我挽着你的影子
在等待另外一个自己
苏醒

阿丽亚，你不知道
我拼命地拥抱，拥抱着来自内心的
波澜。却始终只有一个声音

在耳边轰鸣，那是——
你在梦中呼喊的
我的名字

小夜曲

阿丽亚，我真想在诗中重新创造一个
不一样的夜晚，它真实而且不被虚构
就像寂静的夜里，我们并肩躺在
38℃温泉中，沉醉于潺潺流水
拂过脚指头的喜悦，沉醉于水池中
光影的变化……

那时候，月亮斜挂在天空
竹影在池中摇曳，我们消逝在时间里
只有叮叮当当的水滴，像血液一样
流进彼此的心脏

没有什么比这一刻更让人心生欢喜
世界安静得只剩下呼吸和心跳
如同一个人正慢慢地老去。但是
换一个角度，你可以看见乌桕树
光秃秃的枝干笔直地伸向未知的天空

我们在语言的梯子上
将水池搬上山顶。你在池子里
和李清照打马、饮酒
我却追随嵇康、阮籍的啸声
在词语内部寻找刀锋和变化

直到漫天的雪花落下

沿着一条僻静小径，我们追随
屈原、苏轼、阿赫玛托娃的脚步
在自我放逐的路上，替他们重新在
幽深的黑暗中攀爬
没有人知道，需要经过多少次磨砺
才可能走到那神圣的光亮之处
也许我们会被黑暗吞噬，会被那强光
击成粉末，又或者，我们可以从那强光中回溯
变成八大山人笔下万白丛中的一点墨色
变成收缩在冰冻的残荷里枯寂的山水
从一个少年，到满头白发，到无边落木萧萧下

阿丽亚，多年之后你若是来到这里
我也许早已成为一堆白骨。但请你一定要记住：
当我抬头望见那深邃得见不到边际的星空时
那时候，我心中其实只有一个想法
那就是坐在副驾驶座上，跟一个女人回家

月上周庄

阿丽亚，那不是梦境
在周庄，一抬头
我就可以看见你的
背影，她孤单地悬挂在
全福寺长桥的灯光下
又孤单地飘落到南湖的
流水中。她像月亮一样
在水中游荡，顺着
南北市河，顺着船娘的
篙影，把我囚禁在双桥之下

阿丽亚，我知道
你是想让我从桥上
每一个行人的眼睛中找到你
可那么多陌生的眼睛，他们
盯着我看，仿佛我是
张翰，是他思慕的莼菜和鲈鱼
仿佛我是陈平，是陆机，是吴冠中笔下
憩在桥上的一只蜻蜓

阿丽亚，我忘记告诉你
那个叫月上的地方，时间
可以被任意扭曲。我们用风车

分离出七种颜色，把它们
挂在树上，让它在风中旋转
直到将水中那轮澄亮的月亮
喷到天上，你不知道
我已变成一条金色的鲤鱼
也在那彩色光柱中旋转

阿丽亚，你不知道
我从桥上跃起的那一瞬间，
是因为我在同一个月亮里面
看见了前世的你、今生的你和来世的你
你不知道，我看着你的时候
你刚刚从清晨的鸟鸣声中
在我的梦里惊醒

第四辑

山水之间

黄河组章

大风歌

大风托着你，走进
呼和浩特空旷的
夜色。除了钻天杨的
影子，苍茫中只有
来自四面八方的风

那些刚刚被吹落的叶子
在地上旋转，马上又被
另一阵风吹到天上
好像迷路的
蝴蝶，被牵引着
折返光明

我们仿佛也被吹进这
光亮，仿佛也在
它内部旋转
那个硕大迷宫里面
消逝的河流，在暗中涌动……

无垠的时间里
没有人可以告诉我

一切是否都在循环？
那些消失了的，是否
都流向了
被你踩在脚下的
星空？

2019 年 10 月 28 日于呼和浩特

（发表于《山东文学》2020 年第 8 期）

忆昭君

松林间，你看见
喜鹊安静地在池边
散步。晨光打在那
洁白的羽毛上，发出了
金子般的响声

在这个清凉的早晨
蒙古少女的
微笑，随着歌声在公园里

流淌，你知道
你也将随它们
流进大青山

深处。而事实上
你更希望被分离
出来，变成
一滴眼泪，或者全天下人的
眼泪。替那个
叫王昭君的姑娘
流下，嵌在
那个叫河套的
地方

2019 年 10 月 29 日于巴彦淖尔

（发表于《山东文学》2020 年第 8 期）

黄河谣

小白河防凌应急分洪区
冰冻的河堤上，你听到的
回响——是卡在历史里的
心跳，它们顺着水流
缓缓涌进你的

心中。江面上
水的颜色被落日分成
三种，它们追逐着
带走了芦苇的影子

面对这陌生的河流
这给两岸人民带来无数次丰收
喜悦和灾难的河流，我们
像一群顽皮的孩子
围着它合影、拍照

而在它的深处
"嗖"的一声，一个母亲
无比深情地把那轮
带着鲜血的太阳
纳入怀抱

2019 年 10 月 28 日晚于包头

（发表于《山东文学》2020 年第 8 期）

库布齐沙漠抒情

是一匹骆驼，把我们带进
库布齐。沿着沙蒿的
足迹，我们听见了
杨树林里的鸟鸣

新垦出来的绿茵
一步步逼近。倒车镜里

我们和流沙一起后退……

突然，有人在屏幕里
看到了白鹭，有人听到了
螃蟹撕破白云的声音

一条大河在这里停顿
"这就是从 22 公里闸处
修建的分凌引水渠。"
流到这里，它走了 38.5 公里

捧着潮湿的泥土
你仿佛听到库布齐沙漠里
几代人的哭泣
他们的泪水，一望无际
就像被芦苇白发覆盖着的
湿地

2019 年 10 月 31 日于鄂尔多斯

乌梁素海狂想

在乌梁素海，我是一粒沙子
在一朵云的忧伤里失去了故乡
我是一棵枯死又被眼泪复活的

胡杨，跟着一个姑娘来到

朔方。我是一根沉入乌梁素海的
芦苇。被红嘴鸥吃掉，又在来年
被篝火点燃，化成一缕青烟

我是一粒尘埃，低于蝼蚁
低于飞来过冬的野鸭子
低于晚上从乌梁素海升起的
月亮，低于所有已知的
生命。我是龙城飞将
是被你认领的梭梭和沙柳
是被拦河坝阻挡的没完没了的
凌冰。我是沉入水里无忧无虑的
游鱼。是天鹅眼中堕入凡间的

星星。我是从乌兰布和沙漠吹来的
风，是迎风飞舞的鸿雁和
落叶，是落叶里跳舞的
少女，是少女系在脚踝上的
银铃。是被铃声惊醒的战马
是一千年后，马背上
睡着了的少年……

乌梁素海，我其实一直怀疑

你是一滴眼泪，来自一个
叫昭君的姑娘。你也可能是
一首歌，在五原郡
被一支骨笛反复传唱
你也可能是河套平原上饱满多汁的
麦子，是葵花，是蜜瓜，是枸杞
……

如果有一天，我在人群里迷路
请在乌梁素海为我盛一盆
清水，用红豆杉蘸着它
为我喊魂，把我唤醒
如果有一天
你已不在人世，那么你一定要相信
我已化成了芦苇
在你怀里，开得漫无边际……

（发表于《山东文学》2020 年第 8 期）

泰山组章

夜咏
——致刘将成、彭家洪兄

鼾声，把灯光
还给了对街的黑夜
突如其来的暴雨
引爆了内心的
雷鸣

我们看到傍晚
遇到的国槐
在雨中颤抖
就像你沉醉的
"薇依"

但泰山岿然不动
它的沉默
转化成了我们的
……的沉默

这杜甫"一览众山小"的泰山
是孔子的泰山，是
历代君王的泰山

也是我们的泰山
我们在这里读诗、写字
在文字无力的时候
重构自己的人间

写给泰山

山脚下，我就一直在观察
那朵云
或许，杜甫也像我这样
观察过它

我们在无边的隐蔽里
看那团白色
逐渐融入周围的蓝中
那一刻，我追随人群
进入你的腹部

那么多的人，相似又陌生地
从我们面前走过
用你来"小天下"

天下其实从来没有小过
你也一直在那里
但我们借助缆车

进入了云端

我们在看下面密密麻麻的人群
是否有人在更高处
看蝼蚁样的我们？
直到一切
隐入黑暗，星星
重新回到他的
梦中

再致泰山

在玉皇顶邂逅的神女和风
从南天门一直追到你的
梦中

我们在盘旋的公路上
沉下去
而意识却还沉浸于
上升的过程

爬山虎像个女人
沿着你的身体
向上爬
它们把你像槐树一样

淹没

你不想这样死去
从内心涌出的悲伤
让你在缆车上
突然醒来

那时候你看到
一棵香樟树
在苍茫的山色里
正发出
金色的光芒

泸州组章

忆李白，兼寄马力诸友

笑着哭和哭着笑，其实都在
偏离生活本义。当你躺在
泸州，躺在一首诗的棺材板上
你又怎么能够想象出
长安城里，有两个女人正相拥而泣

你想不到的还有——
被颈椎病折磨得抬不起的胳膊和
被昨天晚上糟蹋的记忆

在诗中，超绝和卓尔不群的
绞杀殆尽。从那以后
可能只有酒才能把握得住
你天马行空的才情和多舛的命运
幸运的是，还能喝酒
我们还可以在诗中把你想象成
自己。我们还可以用酒来对抗
生活中的不幸和暗疾。眯着眼睛
木制沙发上，我从皮二妹的耳朵里
听到歌声从苍凉的喉咙里跟随吉他的
和弦与胸腔的血液一起升起

与它们一同升起的，还有窗外
飘来的细雨，还有你从沱江浮起的
月色里走出来的身影，鬈发乱得就像
长着翅膀的白色小鱼
而我们则在那飞舞中，走进
卓文君的酒肆：喝烧酒，吃羊肉

忆秦娥

如何才能够记得
那些羞答答的女子？
她们被秋风吹来
从达州，到泸州
再到渝州……

你躺在 1573 那
醉过无数人的滋味里，躺在泸州
温润的酒窖中，听她们
唱小曲，打着栾树的灯笼

宛转的情绪里，我们是李白
是杜甫，是李商隐
是一千年后醉倒在歌声里的
冰马、白木和马力

可惜的是，秦娥没有回来
要不然刘梅和冯茜一定可以
多一个千娇百媚的
丫鬟

醉秋风

我还是被那朵荻花
给迷住，那时我正
醉倒在沱江的暮色中

你们在垂柳的倒影下
合影，散步，提前半天
把我丢在业已消失的
秋风里
但你们不知道

我梦到了彩虹
那朵荻花为我开出了
高粱的形状，是它
让我们在酒的颜色里
隔着好几个世纪
与泸州的月亮相逢

2019 年 10 月 18 日

在昌邑

潍河抒怀

你嗅到了草木的衰败之心
这潮湿的，令人心悸的
停顿，在栾树红色的灯笼里
引你来到河畔

茫茫秋色从两岸
升起。梨枣多汁的
果子上，挂满红褐色的
喜悦，我们在沉默中
将牵牛花惊醒

那些紫色的眼睛里，你看见
一只白蝴蝶消失在
碧冬茄丛中，更远处
野鸭子在湖中嬉戏
有风从水面拂过
带来晨光中露水一样的
宁静

在下营看落日

太阳就那么
凭空跳了出来
把你粘在一轮
新掰的血柚中

那种圆润和晶莹
把你包裹在里面
让你呼吸停顿
只有目光跟随着它
缓缓移动

整个渤海湾上空
只有海鸥，拖着洁白的
羽毛，在灰蒙蒙的
海岸线上飞翔

我们在车上
逆着它的方向
重新回到柳疃
回到海上丝绸之路
坐在被时间湮没的船上
看那轮红日坠落在
大海之中

柽柳

在莱州湾，在昌邑西南隅
在海洋自然保护区内
你和柽柳其实没有两样

那些裸露在盐碱地上
一团团，鳞片一样的
柽柳，有着比你还深的孤独

在那些叶子的清香里面
你闻到了让人窒息的荒凉
它们把你包裹，以每株每年
50 万粒种子的速度
生长

它们和你一样
都在贫瘠的土地上争夺
活下去的权利
那些呈现在你眼前的
亿万次幸运之中的
必然，如今甚至
改变了沧海的模样

没有人知道，顺着它根部的

61

触须，你来到数千米的地下
当然，你也不会告诉它们
活着，有时候并不是为了
飞翔

贵州组章

西江听月

一个人坐在半山腰里
看漫山灯光次递消逝在雷山的夜色中
看眉一般的弦月从西江升起
落进杯中，又落在小七孔桥下

这同一轮月亮带来的孤寂
在不同时空被相同的人群看见
这被相同人群看到的不同时空里
又有多少人能够看到祂所带来的
和我一样的悲凉情绪
就像你坐在竹林之中，在黑池坝笔记里
在白日密密麻麻的人群中寻找自己

那一张又一张被岁月侵蚀的面孔
哪一张都不是你，但事实上他们都是你
他们把你困在织金娘急促、功利的叫声里
直到你闭上眼睛，从梦中看见
窗外落下，一滴雨

（发表于《诗刊》2019年4月下半月刊）　63

㵲阳河

凌晨三点，㵲阳河从梦中
醒来，黝黑的波纹吞噬了
白日里川流不息的人群
穆色的天空下，镇江塔在浊流里投下
莫名的恐惧，我坐在它的阴影下

祝圣桥上，猴子从西天归来
为了五元钱与孩子们合影
倒是账房先生，手中的算盘和
经济一样沉得住气

青龙洞是否真的是
太极的眼睛？
那些求子嗣的朋友们
我替它保佑你
都能得到
乖巧的儿女

2018 年 8 月 16 日于镇远

在梵净山

太平河畔
四岁的孩子在草丛中
并没有找到萤火虫
倒是那些躺在流水里的石头
陪你爬到金顶上
变成了飞鸟

茫茫云海
淹没了人生中
多出来的变化
战战兢兢的恐惧里
你从一人宽的通道
升入顶端

那些飞鸟
因为摒弃了石头的想法
在不为我们所知的频道里
获得了自由

2018 年 8 月 20 日

白鹭

白鹭展开翅膀
在南明河的湍流中
飞向天空

这白色的翅膀
掠过霓虹桥
回落在滩涂
除了孤独和隐隐的腥味
没有人听得到翅膀中的雷声

这些高贵的生物
从瀑布顶端落下
化作一簇簇光影
提前一天
和构树的果实构成一个平面
那时候我坐在木条椅上
透过清晨
水杉丛落下的阳光
把它们牢牢
拽在手中

2018 年 8 月 12 日

第五辑

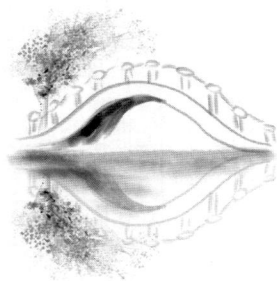

在玉获祥

赞美

感谢这越来越深的夜色
它帮助你
从别人的醉意里
安静下来
摇晃的九龙桥
是今夜别姬的霸王

城墙比你安静
也比你懂得这
被安置在夜色里的情绪
百日菊，用柔光包起来
呈现出透明的温暖
而寅宾楼，投影在护城河里
比月亮还要冷清

黑夜拥有的更多层次
只有远离浮光的影子
才能进到更深的黑暗

儿子口中
那无与伦比的
猎户座大星云
那种不可企及的大美

69

它其实来自

一颗更美丽的心灵

（发表于《牡丹》2020 年第 7 期）

酉时抒怀

太阳慢慢落下来。
阳光把荷叶的影子劈开
鸟鸣没有抵达前，向阳的部分
保持着有节制的沉默

风儿悄悄掠过——

那些隐藏于事物内部的秘密
被一一打开
浮萍、野鸭子和青蛙
你以为风能够把它们
吹上天空，而事实上却是
风把一个书生的情怀
吹进了它们眼中

（发表于《大地文学》卷四十三）

小年夜，在玉莜祥饮茶

我们沉浸在玻璃缸中
观测自己的世界
但紫罗兰不会
她会代替你
在酒中开放

这无中生出的有
其实和有中生出的无一样
都是你寄给我的明月
都是明月下
我们深浅不一的孤单

在玉莜祥
她们在古筝里弹出
流水，弹出荷花、快乐和
淡淡的忧伤
弹不出的
我把它藏起来
藏在这晶莹的汤色里
藏在窗外
那一抹月光中

赞美诗

来自松鼠尾巴上的赞美

像蜘蛛网一样

把我们困在

扎加耶夫斯基心中

那里也有一棵你一样的柳树

他残缺的手

抚摸那些疤迹时

也有泪水从我身体里涌出

一群在风中奔跑的人

帮我从火里取出了栗子

我知道，画在纸上的老虎

最终会把我们吞没

但是除了我之外，没有人知道

时间坍塌之后

我们都会变成蚂蚁

他们那幼小的心脏里

也会长出柳树的眼睛

闻道之夜

——致玉年兄

那么，就从一段无形的波开始吧
于是有了面前的桌子
有了酒，有了菜
有了聚在桌子上的蜉蝣和我们

"朝闻道夕死可矣"
说的其实并不是我们
但蜉蝣散去后
就只剩下深邃的苍穹和我们

头顶上的风筝
正化成鸟的形态
模拟着我们失去的童年
……我们不断在失去
却又在另一种途径里获得均衡

换个角度亦不能解释的事物
在另一个维度或许都能得到明证
比如说中微子
比如说一个小时后
我们在玉茯祥看见的湖面

我们从喧嚣中抽身而去的空间

有三角梅和蛙鸣

正等着我们

2017 年 5 月 15 日

玉茯祥小夜曲

如果月光愿意
我真的希望她能够
为我们重新生下
这些儿女

如果湖水愿意
我想借助蛙鸣
重新回到荷花里去

香樟树、金合欢和红叶李
它们以自己的惊喜
从舌尖回到"天香"
回到我的
每一个毛孔里

那么浓郁
浓郁得化不掉的香气
一阵紧过一阵地
涌进我的大海
我的脊梁，我的头皮
把我像波浪一样
掀进无边的寂静

我知道，我知道

这一切都源自于你

源自于那不妥协、不放弃

独一无二的你啊！

如果你愿意

我真的希望成为那大海里

众多水中

最甜蜜的一滴

借着这十二点钟的夜色

回到你的窗台下

……回到你梦中的月光里

如果月光愿意

我真的愿意为她

重新生下

这些儿女

2017 年 4 月 16 日

（发表于《大地文学》卷四十三）

夜寄

—— 致叶舟

隐于柳树丛中的蝉鸣
和隐于二球悬铃木的
有不一样的声音
它们在玉茯祥摇曳的荷花里
多了一些空灵
蝙蝠和燕子
其实也是不同的飞行路径
它们在天空点缀
阴晴不定的积雨云
唯有我一个人坐在
无人迹的樱花下
避开湖水里绵绵不绝
的声音

你写在纸上的
卷轴，在冰冷的雪中
钓起月亮的白银
而沙子淹没了帐篷，黄昏
时间和雄鹰

我们用酥油点亮
磨盘的沉默

但佛光并没有来临
你把母羊送嫁给
敦煌，而我却在
一只年轻猫的眼中
看到了她离家出走的母亲

比起非洲动荡多舛
的命运，我们何其幸运
……就像这锦鲤
把明月衔到了湖心

月光下

蟋蟀的月亮，比你的悲伤
她毛绒绒地在秋声里
照着离别。而你的月亮
软绵绵地，像蚕一样。

在暗中，在她照不到的地方
在浮萍下面，那些向光的虫子
从背面涌出，把自己置身在
月光中。你并不能轻易否定
它们的美丽。它们把光钉在
身上，并藉此返回黑暗。
这过程，远远比光本身
美丽

波光中

在迎面而来的波光中
你看到自己的影子，随蒲草
孤独地晃动，你想象自己
躺在干净的湖面上

真好！……安静下来
所有的不快乐
都跟荷花一样
被藏在流水之中

蝙蝠低飞，燕子
替你穿过山茶花丛
但你更希望变成一尾鲤鱼
跳进樱花的蕊中

做梦。在玉茯祥
在甘醇的汤色中
你总是能原谅自己
在那些好看的植物里
找到自己
变成月季、忍冬和荼蘼里的一种

夜色里

我喜欢看蝙蝠
在低于你的湖面上飞
就像我喜欢斜着脑袋
看你坐在石头上
咬小指头

我喜欢借助于声音
进入这黑夜
而你们却把自己变成
斜插在夜色里的玫瑰

我喜欢嗅到的那股
淡淡的青草味
它们穿素色衣服
好像你们
留在时光里的
镜子

我的影子和它们一起
在玉茯祥恍惚的
波光中慢慢平静

我们坐在自己的恬静里

看马灯像月亮一样
发出光芒

我们借助于目光
在它照不进的湖面上
看到叙利亚的动荡
我们同时看到
……樱花开得正美

（发表于《大地文学》卷四十三）

暴雨中

困在耳朵里的蛙鸣
收集了玉茯祥上空
所有低飞的蜻蜓
暴雨以掩雷之势
让尘世的奔跑
处于暂时停顿

窗台上
你和蔷薇一样
长出幻想的
逆行翅膀
但蚀骨的寒意
还是从书中涌出

茫茫雨中
没有谁的灵魂
足够干净
可以像这汤色一样
反观自己内心的阴影

我们庸俗地活在世上
被宿命的磨盘碾压在
无数个欲望中

也许只有在梦里

池塘里的荷叶

才会记得

我们曾经有过的

羽毛

（发表于《牡丹》2020 年第 7 期）

白露

玉茯祥消逝的荷花

会不会

像景古镇的少年一样

在蟋蟀的悲鸣中

找到新的去处

他们能不能

在昏暗的马灯下

找到安身的命盘

一种香进入到

另一种香

有无数种可能

但承欢刚采撷的

茉莉，它却只会用一种状态

进入荷花

而命运呈现出的

残酷，你用死

也改变不了

如果可以

我真的想学天上的月亮

用白露的钩子

投下绳索

把亮光投影到

灰暗的夜色里

那不盈尺的墓中

赞美

多美!
漫步在玻璃回廊上
把月光踩在脚下
就像
走在铺满月亮的
群峰上

第六辑

故园旧事

九龙寨城

你留在时速 200 公里里的呼吸
和静极的晚上
从沐浴头上落下的水滴
酷似多年前看的一部电影

我们在夷为平地的公园
寻到那些
曾经真实存在的痕迹
而语言描述之外的事物
在暗中观测我们
他们借助一个剧情
回到我们眼中

他们一定不会知道
若干年后
奇点突变会把我们
带至相同的境遇
意识觉醒后，机器人
会借助我们的思想
永远地活下去

那时候，一定没有一部冰冷的躯体
会半夜醒来

看见窗外的满月后

发出和我一样的

欢欣，甚至它不会

梦见你

夜行偶得

银杏叶子从头上
落下来
我和共享单车在
它覆盖的月光中
互换角色

斑驳的影子和小巷一样
迎面走来
它们都能感受到
你的喜悦

路灯也是路人
它准确描述出了
金色的叶子
如何对应转角处
妙龄女子的白

你试图在语言的尽头
留住这白色
但它却恍惚地
消失在你无尽的诘问中

听一首英文歌

老乔恩没有黑池坝中

关于诗歌的悖论

他的大鼻子和香烟嗓子

穿过窗外沙沙细雨

把你从纸上

带进另一个陌生世界

那时候，我也是歌中那样的男人

像他们一样年轻

跪在你脚下

傻子一样爱着你

也会在蜜蜂飞舞的清晨

采来明亮的梨花

亲吻你花一样的嘴唇

但现在，你已回到了歌声里

你要的爱

我不再能给予

那些替我们抵挡过风雨

支撑我们活下去的勇气

已全部消失

那些死去活来和相濡以沫

也不再与我们有任何关系

就像旋律结束后
我们还是会变成两朵
不停颤抖的梨花
困在他的诗里

中秋月

最快乐的，莫过于山中的
麻雀，它们在云杉的清香里
跳跃，一直跳进你的诗里

那时候，我也是
你诗中一只小小的麻雀
清瘦得如同弦月里
母亲的泪珠

照过那么多离人的月亮
此刻也照在我的身上
但母亲却在月亮之上

打开月光
你看到母亲坐在月亮里
正抱着小时候的你哭

往生之门

譬如：执手而来
突然遇见，带给你惊喜的素心兰
譬如：开在墙角
美丽得无所忌惮的蔷薇
譬如：深夜
闯入梦里的爬山虎和常春藤
这些你来不及善待的植物
你从来没抽出过时间
与它们相处

还有那些溯流而上的
过江之鲫和匆匆而过的
年轻姑娘
她们神态庄严、肃穆
逆着光，从眼前——掠过

这些时间中呈现出的秩序之美
你不能轻易把它否定
说它是一种绝望

我们在这绝望中，寻找光
寻找一扇通达彼岸的门
有时候，它是从天边传来的

隐藏在星宿里的箫声
有时候，它是被大风吹落在草原的梅花
而现在，你看不到它
哪怕在明媚的阳光下

但它一直都在
这些被你上世，上上世
甚至千百世前遗忘在记忆里的情侣
你会为它们停下来吗？

停在这寂静的花香里
停在这脉脉的花语中……

记梦

在梦里
你和虚构出来的
陌生的父亲
一起走进一间大房子

阔大的房子
白茫茫的，周围没有
菩提树、香樟和银杏
一群陌生人坐在里面

父亲告诉你
她们都是亲人
这让你有些茫然
为了让你相信
他指认出了奶奶
那个与你印象中
完全不一样的奶奶

为了进一步让你确信
他还给你指认了
十大功劳，金叶女贞
湖水和涟漪
而事实上

是第二天早晨

你醒来后

才看到了它们

你忘了

和父亲来大房子的目的

但后来你可以肯定

那是一个坟墓

你还记得其中

一个细节，是关于时间的

你计算她们的年龄

发现了

她们不死的秘密

因为不堪忍受你所发现的

不死的命运

奶奶摘下自己的头

消失在了空气里

后来，她们也都消逝了

把你一个人

孤零零地扔在那里

面对这极度陌生的世界

你独自走着，最后

恐惧代替了死亡

醒后，你突然觉得这些亲人

她们一定

还在另一个维度

和我们一起

活着

过东荆河

磕头机比桃花更懂
迎客的道理，在曹禺先生故里
几池瘦水滋养着堤上的
牛群。它们怡然自得
但这并不足以说明
它们安于此地

如此阴晴不定的天气
不宜观花，宜闭目
宜在东荆河的碧绿里
打捞《诗》里的赋比兴
宜溯流至东晋
随王徽之乘兴
从山阴至剡溪
宜隔着动车窗户的玻璃
从梨花的泪水里
再次进入昨天的梦境

这恍恍惚惚，似幻似真的情绪
就像你小时候的蝴蝶
迷迷糊糊地从燕子眼中
飞进黄灿灿的油菜花里

文湖公园的下午

1

没有人在这一刻
比我更喜欢这里的石头

在西干渠
是它们把外界在
你头脑中隔开
冰冷的石头
埋在草木中间
让浑浊的水
长出流淌的骨头

那一层层涟漪
可能是一尾鱼从梦里苏醒
也可能是水蜘蛛借助水面
感知周围的环境

迎春花，你其实并不喜欢
它单调得像粗鄙女子一样的
黄色和矫情
倒是猪耳朵草
憨厚，像你年轻时候

蔷薇们在圈定的位置
长出人们希望的模样

但那些蒿草没有
它们沿着河畔自由生长
但稀稀拉拉的
像被狗啃了一样

2

一曲二胡并不足以
让你呜咽
但它可以让湖水安静
让仿古的亭子颤抖
让夹竹桃忍住
不开花
让木头成为木头

在文湖公园
你在一群花甲老人中间
听他们拉不知名的曲子
那从弦中拉出来的回忆
把白头拉成少年

多少年少的时光

随那白色的弦

在他们手中

上下翻飞

甚至公园门口那株

老槐树

也开始落下

白色的眼泪

玉兰花

玉兰花，紫色的萼夹在
白色的花朵中
这些类似剪出的花
把月亮
挂在夜幕上空

正视角之外
你的含蓄和冷风一起
在沿途的风景中跳动
我们并肩漫步
在细雨中
细碎的步子在江津路上
感受湖水和春天的
涌动

这段路不知不觉
在沉默中走完
分手时
我们依旧不知道
说些什么

多年之后
月亮替我重新回到这里

它比我们更清晰地记得

玉兰花开过的

那个春天

大湖

大湖之美，从水中升起

延绵的湖面上，太阳在古老

歌谣里缓缓溢出

残荷　蚌壳　易拉罐　破碎的玻璃器皿和

未燃尽的草木灰

以匀速向我们靠近

冬葵红蓼和荻芦

是我们一样

困在阳光里的精灵

它们内心

拥有流水一样的可能性

铜八哥在想象中

飞回黄杨的身体

这其实也是我们被遗忘的身体

要是闭上眼睛

你就会长出黑白相间的翅膀

在这大湖之上

2017 年 12 月 10 日

夜行

大雪撕裂了整个湖面

银子一样的月光落在

幽静的小路上

八角宫灯照亮的电波里

有人说乡愁

桂花影子

从蛐蛐儿声里

慢慢浮出

有人慢跑

被时间追上

有人想减掉肚子上想象出来的脂肪

而银杏叶子却带你

回到多年前

菩提寺的树上

叶子和邮票其实

没什么两样

都缥缈，没有依靠

夹在一本闲书里

金黄的脉络里也藏有

见不得人的秘密

有朝一日，也会被

悬在空中的手指拽出

那时候，我一定会顺着
指头的方向
变成一束奔向你的
月光

2017 年 12 月 15 日于荆州遥寄余光中先生

冷水花

茫茫细雨里
古渡口和我们
在山水画中
对峙

湍急的水流勾勒出
清凉、寂静的石头
浑浊的郁江背后
群山呈现出天一样的蓝色
祖先的光芒在
苍翠中流动

山岚从云深处
和我们一起缓缓
在孩子们的笑脸中
移动

天黑时
我们重新回到这里
沉默的郁江
倒映出大山深处的灯光

那一瞬间

沙岭所有的神灵

给你庇佑

岩石隙里

冷水花

一朵接一朵地

在开放

2017 年 10 月 6 日于利川文斗乡沙岭村

立夏书

白鹿踏过青草坪
无形之风把它吹上天空
刺槐白色的花
在它的脑海螺旋状开放
多年前我亦是
这样一只白鹿
在木头做的小桥上
与公瑾、小乔
把酒言欢

红色栏杆下
湖水静谧
阔大的水色
生出莲花的孤独
生出的寂静之美
像水滴一样
从别墅的玻璃上落下

在不远处
在隐藏的苍穹里
在看不见的星空下

久久地

不停止地

震颤

2017 年 5 月 5 日

15 路公交车站

15 路车看见他的影子
在站台的长椅上晃动
两只细长的腿
像逃学的小学生一样快乐

30 年前的人群
被风吹得
——慢慢只剩下
河流，明月和几只风筝

阔大的暮色里
车流飞驰
那些消逝在倒车镜里的影子
在花香里
比你还要年轻

而天空蔚蓝
你坐在椅子上
像那个经年穿着褪色军装的老红军
挥手
向他们致敬

2017 年 4 月 19 日

关帝庙前

一定有人
有过我这样的饥饿
才会在清晨
吞噬梦中的鸟鸣

一定有人
穿过历史的幽暗光线
才会走出
我的梦中

一定有过
不一样的音乐
穿过广场舞
被你听见

一定有过
古老的保鲜术
替我保存下来
鲜活的鱼肉和菜蔬
让它们以双份的形式
在碗里

被我享用

我以局外人的身份

回到他们中去

享受着他们享受不了的

美食和被玷污的空气

而他们羡慕得

只能死去

死在这无比绚烂的

泡桐花里

致沃尔科特

沃尔科特，他们在植树
在松西河畔
植上一排排年轻的
白杨树
我没有植树
我在拜访你的途中

就像北京路上
踩在脚下的二球悬铃木的
果子，在等一场风一样
老去

送信的人走了
你也走了
跟河边的鸬鹚一样
但我更情愿
把它们想象成
你的白鹭
想象它们
和另一只在唐诗里
相遇

沃尔科特，我饿了

追赶你的途中

消耗了太多

我对美好事物的

欢喜

在饿的瞬间

我突然意识到

诗远远不如饥饿

你看:

摆在桌子上的黄焖鸡

肉丸子和豆腐

多么美妙

足以让我们忘掉

诗歌甚至音乐

足以让我隔着 200 公里

与儿子在一碗汤里

重逢

2017 年 3 月 18 日

夜游老南门

老南门的月亮
从来没有想到
今夜，有人会像我这样
看它

……坐在古老的树下
缺掉的弦和晚风
借助灯光的暖色调
让古城墙上的旗帜
开始流动
看不清它的颜色
但绝不会像大先生
所说那样
再变幻了……

还是太晚了些。
坐在月光下
看这些被遗忘的
影子
从大理石地砖
走到青石板上

它用一千年

走完的路
我比它走得快得多

有人在城墙边烧纸
几张纸片在墙脚不停地旋转

……樱花开真美！
这让我想到一些逝去的人
借这旋旋风
我又仔细地看了看
地上
那个老人的影子

2017 年 4 月 2 日

致南竹、陈恳诸兄

南竹兄、陈恳兄：
道别后，我又一个人坐在阳台上
看星空
这浩渺的未知世界
此刻和渔洋河一样安静

潺潺的水流把夜晚
劈成两半
我在诗中把满天星斗
藏了起来
藏不住的，斜挂天际
忽明忽暗地
就像这首
还没写完的诗

本以为我藏起了那些丑陋
世界就会干净起来
其实不是，那些恶
它们还在

2017 年 4 月 1 日

文湖公园的夜晚

记忆里的亭子
在鸟鸣声中
逐渐轻盈起来
橘色灯光从墙角洒下
传统意义的温暖

一池瘦水加重了
早春的寒意
园林艺术隔出的微微黛色
被残荷与荇草
衍生出两种心境

这时候，你从水中冒出来
牵着我的手
从月亮的倒影里
走向那些趋光的蛾子
密密麻麻
扑向的光明

在暗处
你看到自己也在
烈焰中颤栗

123

鸽哨从另一个方向

折回来，它们

把这隐藏在黑暗中的秘密

带进

更深的黑暗里

2017 年 2 月 22 日

南纪门夜行

在细雨中
走向熟悉的古城墙
春风给了我们
截然不同的陌生感
橘黄色灯光
从古老缝隙里透出
腊梅的温暖
它们和你手中的蔷薇不同
不会被供奉在漂亮花瓶中

被鸟雀衔来的树木
长在光的缝隙里
我们借助花的形状
辨认它们的名字
它们有的
比我们还要古老
但此刻却光鲜
显得比所有人年轻

布谷鸟整晚都没有出现
代替它们的是麻雀
它们在城堞上欢快地觅食
一点都没有慌乱的感觉

就像在替我们

守护着

这沉沉的黑夜

婚纱照

白色的婚纱
披在她的身上
我们借助于时间
回到十五年前
开往今天的
火车上

那时候
草木萧瑟
地上到处都是
霜一样的白

小火车重新开回来
在公园，我们借助湖水的反光
从摄影师的镜头
看到一对新人
重复我们的程式：
他们在腊梅树下亲吻
沉浸在幸福之中

未知的喜悦里
我们拥抱湖水和春天
从水里

打捞起越来越稀少的
晴朗天空

现在，它湿漉漉的
替我们摆拍出
众多相似的幸福

这些穿在身上的
新妆
如果被风吹到暮年
也许
就是我们的裹尸布

2017 年 1 月 24 日

镜中

另一个我，在镜子里面
微笑，对着我说：
"你好！"
他看上去比我年轻十岁
除了鬓角上点点白发
真的很像
古代书生

他精神饱满
在镜中怡然自得
不用考虑柴米油盐
亦不用考虑
越来越糟糕的天气
他替我在镜中读书、写字

似乎他一直
替我活在镜中
其实我也幻想像他一样活着
现在
镜中的人不见了
而你们
突然出现在其中

2017 年 1 月 8 日

有所思

有时候，我们需要玫瑰
走进花的世界
去躲避
寒冷和饥饿
有时候，我们需要
一面镜子来认清自己
驱散内心的恐惧

爱因斯坦早就说过
时间是相对的
遗憾的是：
我们在其中旅行
却一直被深深蒙蔽

我们以为自己是鲲鹏
获得了想象出来的自由
其实更可能
我们一直都是朝菌
是蟪蛄
困顿在自身的局促里

天地充盈
其间的大道理

又有几人能懂？
也许你不会相信
但事实却是
我们一直活在
别人的梦中

2017 年 1 月 9 日

记忆

阳光打在碑上
光的粒子照进
冰冷的水泥结构内部
没有人知道
此刻你们
坐在被枯草的火苗吞噬的
墓地
是否会如我一样
感到幸福

有多久没有听到鸟鸣
在久违的乡间小路上
你问自己
告别连续多日的阴冷
透过光秃秃的桦树林
苔藓开始返青

湛蓝的天空下
年久失修的老屋
坍塌在那黛青色里
40 年前，你们或许
比我还年轻
而现在

我们却只能借祭奠你们的

火纸和鞭炮

再重新回到

老房子里去

写给 2017 年的雪

跃进路上
小女孩内心的喜悦
类似三天后
飘落在老南门广场的
雪花

曲尺河洗净的
氤氲世界
清凉，如同我们
匆忙的脚步

时空的转换中
我们谈到伦敦
谈到悉尼
谈到长江大桥上的天空

有人开始咳嗽
有人陷入沉默
陌生人电话中
潜在的恐惧
不知不觉
把所有人
拽入其中

这时候

突然开始下雪

这意外而来的雪

一下子让全世界

在无尽的晶莹之中

开始沉默

2017 年 2 月 1 日

红月

月光中有血色
不知福祸
但还是学古人
揖手，把它请进来

请到案头，打开书
和它一起，去白鹿原
那皑皑的白
照进田小娥屋里
照亮她漂亮的脸庞
那会儿我感到飘忽不定，我想
这应该不是月亮的问题

后来，我跟随它到了
鹿家的院子，在门前那口
大水缸里，我看到了多年前
自己遗落的影子
我把它带回老南门
带回梦中

"这是轮妖月"，我看到
一会儿是陈老爷子，一会儿是
白嘉轩，指着那轮月亮
大声嚷嚷

在八岭山

雨落下来时，湖面的涟漪
像一串串落下来的珍珠
白鹭收起翅膀，把这楚故都
万里河山，都藏在曾供奉过
众多王公贵族的灵塔中

深山含笑、紫薇和银杏树
像旧时不得志的书生，散落在这
僻远之处，那些落下来的雨
此刻可以为一个人而落
也可以为全天下而落

可惜的是
它下得那么泛滥而不知节制
无边无际地
就像一个薄情人的眼泪

冷风吹

冷风认得路
它在院子里铺上碎石头
给新栽的茶花
戴白帽子，抹口红
吹落光秃秃树干上的
鸟窝

你被它带到堰塘边上
在吹皱的水波里
重新看到
自己小时候
重新看到
芦苇瑟瑟，蒿草青青

空旷的原野里
人迹罕至处
它们低舞，狂欢，打秋千
把低处的，吹到高处
把在高处的，吹到天上
把在天上的，吹死
譬如，那些还没有等到春天的蜜蜂

（发表于《大地文学》卷三十三）

十六个灯笼

左边七个，照光秃秃的白杨树下
常绿的小叶黄杨。右边九个
照我的白头发和夜色中
日渐消瘦的影子。十六个灯笼
在地大附中院子里

缓缓移动。一个灯笼
拎着我与古人相同的喜悦
三个灯笼，送我到玉茯祥
遇见你的红月亮。五个灯笼
漆黑的夜里，用眼泪写我的名字
……
第十六个灯笼，它一直没被点亮
在梦里，它是一只乌鸦
——引着我走向
未知的坟墓

过北湖路

钣金店少年赤裸的

胳膊上，有我年少时

黝黯的时光

他一脸稚气地

蹲坐在水泥地上

反复敲打一块钣金

叮叮当当地

他在变形的纹路里

敲出了桂花的气息

在桂花那里

这反反复复的节奏

其实是催眠曲，它更多催生的是

你心中的倦意

而油漆，桂花原本的同源体

则在不断提醒：

千万别停——，要不

那些已被锤打得弯曲变形的

躯体，会爬起来

把打进它们体内的震颤

还给你……

而当你不再是钣金店小工

变成一只飞禽时

这一切都会失去跟桂花的联系

而桂花，则可能会飘成

一声鸟鸣

（发表于《诗刊》2019 年 4 月下半月刊）

生日或谷雨

"beyond"的一声
你把自己钉子一样
钉进这并不陌生的湖面
波纹、水蜘蛛和湖水的回应
比鱼儿更让你
吃惊，我们把自己
困在冰凉世界的中心
困在茫茫无涯的未知和过去
是不是应该退回来？
退到叙利亚的薯片或者
一滴雨水的形状里

那么白头发的老母亲
你还会不会陪我
在城墙下面散步
像另一滴
从天上落下来的雨

风会把我带进屏幕

无比湛蓝的天空中那两缕
薄如蚕丝的白云，将我久久地
困在这局促之地。这曾被帕夫利科夫斯基
黑白镜头描述过的天空下，再也找不到
那两个人，那两颗心，那两双眼睛
再也听不到孩子般的雀跃和
悠长而欢快的鸟鸣

你的波兰，其实也是我的啊
命运早已通过时空之手把我们
牢牢拴在一起。站在这苍穹下
我也是那双"为之流泪的黑眼睛"

我就是那个长久观看你们演出的
孩子啊，"有谁会爱上这样的男孩"
爱上这个在舞台下大声哭泣的孩子
爱上他想象中的华沙、柏林和巴黎

爱上他们开始就已经结束的那个
废墟。我也一直都在寻找啊
是你们替我找到那纯粹的
发自内心的声音，是你们把我从
碌碌无为的蝇头苟利里

带到满天星空下，是你们替我
坐在那棵树下手拉着手

平静地等待死亡。如果有风吹出来
它一定会把我带进屏幕，那时候
我一定会带来火烧云，我的眼泪
和刚刚签署的特赦令

追蝴蝶

雨中高粱苍郁的
呜咽，是因为昨夜的舞姿
还是因为——台风"山竹"的阴影？
是因为胶河枯竭的呐喊
还是因为少女《归》来时挣扎的内心？

这漫山遍野的红高粱啊
可曾还记得我们年少时的光景？
往前或者匀速后退
漫长的时间中不是每个人
都会有一件白色的羽衣

是应该加入众多的人群？
还是走到它的反面去
保持纯粹和警惕？
如果没有蝴蝶
又有谁知道那正在消逝的
古老的汶水和你一样的宿命

那些独自赶路的人啊
当皑皑白雪渗进鞋子时
失去知觉的双腿
可还能够支撑自己的躯体？

145

下落的过程

远比再次飞起让人着迷

可是亲爱的异乡人

你可曾看到：太阳出来了

有个影子在前方

正等着你

2018 年 9 月 16 日

良夜

困在露水里的
声音，被重新衔到
楼顶，"嗷嗷"的嘶吼
顺着下水管滑向

小叶黄杨丛
夜晚的美妙在
一只猫的眼里
除了老鼠，还有
奔跑，它们从
噎住喉咙的鱼骨头
腹腔，发出爆破音——

猫的影子沿着
一条弧线，跑进
一排沉默的香樟树林
那蜷曲的光，释放出
善意，让舒马赫和我
一起苏醒

2018 年 12 月 19 日

碎片

玻璃的碎片里
水的影子
正逐渐消失

但那碎片中
衍生出了无数个天空
每个天空中
都有白云
有鸟，有树木
和你走时留下的空
但疼痛呢？

它们去哪儿了？
是隐藏在镜头背后
还是深陷于耻辱和冷漠？

没有人知道它们在哪儿
就像我独自面对这些碎片
不知道要向谁倾诉
这假中的真和真里的假
有什么不同
就像这些碎片
它们亦不知道

此刻那些鸟的心中

——有没有疼痛

2018 年 7 月 25 日

杜鹃

再没有什么

比这雨中的新妇人

能给你

更多惊喜

她们抱成团

肆无忌惮地晃动

就像要用头上

花瓣的影子

撑破花坛

甚至整个天空

这些投射在心中的影像

你觉得真实

羽毛一样的情绪

懒洋洋地

像雨水一样干净

你置身纯粹之中

那些真实的存在

反倒显得虚幻

像飞行一样

那些神授的欢愉

从蕊中，穿过旷野
从民族大道天桥上
陌生的头顶
流星一样划落
——划落在
被泪水打湿的
未知的面颊上

2018 年 5 月 12 日

下武汉

烟花三月
乘暴雨至江夏
无鹤无马，寒风中
亦没有
有轨电车和火柴

樱花和桃花
在黄杨扁担上蓑败
无边垂丝从旷野
扶摇而上
将你固定于
空悬的饥寒

叙利亚
也看到了这些
被暴雨打落的麻雀
不同的是
红枫树下
有茄子、黄瓜和
妻子端上桌的
热气腾腾的饭菜
而大马士革
白头盔，带来了

更大的死亡

2018 年 4 月 16 日

夜憩潜江

你的月亮，其实也是
张若虚和李白的月亮
它从天空落进义水河
落进虚拟的时空中

你捧着那团冰冷的火焰
在血色吞噬中慢慢冷静
看它变得
如星空一样澄静

你把它还给天空
跳跃中，它把你
还给雪花，还给柳树
还给外曾祖母小时候门前的河流

骡马驮着小脚女人
从江汉平原结队而过
你坐在藏青色的瓦檐下
看见妻子也披着红色披风
从三百公里外的
义水河边，连夜赶来

她轻如雪片

你却在梦里，泪如雨下

2018 年 2 月 1 日

掏

从耳朵里掏出流水
掏出天空
掏出老屋的秧田
鸦雀和鸟鸣
掏出年幼的自己

牛羊在吃草
木跳板嵌在水中
你和姐姐睡在门板上
父亲不在家
跳进河里的
是尚还年轻的母亲

多年之后
你患上风湿
胃痛，变天的时候
弓着身子咳嗽
不停地从瘦削的身体里
掏出湖水
掏出涟漪和诅咒
掏出至今没有被原谅的
你死去的婆婆

那么多悲伤和泪水

被你掏了出来

可是你却怎么也掏不出

当年她被救过来后的表情

2015 年 7 月 22 日于荆州

陀螺

一鞭子两鞭子
三鞭子下去
它开始旋转
在地上划出
圆、椭圆、抛物线
和多年前，遗忘的数学公式

"盗梦空间里
它怎么停不下来？"

其实我们都在等待
等待那高悬的鞭子
落下来……

毛月亮

毛月亮

照荒野，也照庭院

照大树，也照稻田

照灵堂，也照堂前的红蜡烛

却不照祭台

不照你

不照你躺着的冰冷棺材

毛月亮

照鼓槌

照骨肉分离

照说鼓人的喉咙

照摧肝裂肺

照唢呐缝

照声声凄切

照一声声哭腔

照阴阳两隔

毛月亮

照过那么多离人的毛月亮！

今夜你不照祭台

不照冰冷棺材

只照着你

159

在黑咕隆咚的角落里

赶路……

丢失在秋风中的苏格兰

你说要把苏格兰装进口袋

带回来，送给我

你说的时候

秋风正紧

我随手抓了一把

紧紧拽住

紧紧拽住……

2014 年 9 月 19 日

旧汗衫

我把这件旧汗衫脱下
翻过来再穿上
弟弟从美国回来前
父亲特地把它翻出来

它的背面印着
中国科技大学少年班几个大字
被洗得已经泛黄
前面还有几个小洞

它穿在我身上
也很宽松而且舒适
就像我步行十公里
穿过香樟树　广场与河流
回家

2014 年 8 月 26 日于荆州

（发表于《诗刊》2019 年 4 月下半月刊）

端午

端午，去看她时
她躺在床上
两颊深凹颜色槁枯
花白的头发散在枕头上
她癸亥年生，是我的祖母

两年前，小她 36 岁的女儿
与病痛和多年的贫困
搏斗无效后去世
她开始卧床不起
只在天气好时
才会起来晒太阳

认出我们后，她起床
洗漱干净穿戴整齐
端坐在堂屋
叫她二媳妇（我的婶娘）
拿粽子给我们吃

吃着吃着
就吃到了小时候
看见她撸起袖子捋粽叶，灌糯米
把它捏紧、抹平，用牙咬断扎紧的白绳子

看见她把它们串在一起，放到锅里煮，浸放在井水里

那又香又糯的粽子啊！
她如今老得
已再也吃不动了
只能坐在我的面前
嘴唇不停地颤抖着
看我们吃

2014 年 5 月 26 日于荆州

每块田都有自己的名字

在江汉平原
每块田都有自己的名字
我的那块，叫林芝秀
十二年前开始
每到清明、年半和新年
我都会唤醒她的名字

我宁愿永远都是
三十五年前，依偎在她怀里的癫哥子
吃着她做的米子糖、发糕
听她讲故事
跟她一起拎着菜篮子
走街串巷
可是如今却只能
对着嵌着她名字的遗像发呆
再也不能为她装死
哭得死去活来

九十五岁那年，她卧床已经整整三载
随母亲去给她剪头，洗被单
老远，就听见她的歌声传了过来
扶她出来
吃果冻晒太阳

走的时候
她紧拉我的手
想哭，却没有哭出来

如今，那歌声里的寂寞
常常会在夜深人静时
把我惊醒，听她唱的那些歌儿
从田里冒出来

2014 年 6 月 14 日于荆州修订

那束光

早上，他把那束光
揉成团
打在她的脸上
收回来，放进他的镜头

最开始，他是从别人的镜头里
看到她慵懒的背影
像极了那个叫三毛的女子

他坐在她们中间
看着那束光
从她头上冒出来
照亮她的影子

这让他想起昨天
刚读到的薇依

2014 年 6 月 6 日于荆州

（发表于《大地文学》卷二十九）

孤单

风吹进来
打开书
吹乱头发
在桌子上跳舞
把月亮映在墙上

一行泪
从墙上流了出来
流出了花香和你的模样

2014 年 5 月 26 日于荆州

栾树

"瞧，多美！"
车过当阳
妻子告诉我
"那是栾树，开三种颜色的花！"

那些花
灯笼般地挂在树上
一簇簇的嫩黄和橙红
在秋风中
随着视线连绵起伏
像极了我们从结婚到恋爱的过程

回来时，我采了一枝红色的
插在她的发髻上

2014 年 9 月 27 日于荆州

突然想起陈子昂

路过小花园时
情绪突然就低落起来
她们讨论武媚娘
谈得多么开心
我却对着开在寒风中的腊梅
发呆

这冷香若是能
把我的身体分成两半
该有多好
一半留在俗世
陪你
另一半请放回唐朝
替你把
"前不见古人，后不见来者。
念天地之悠悠，独怆然而涕下"
写出来

2015 年 1 月 6 日于荆州

炸米花

"砰"的一声
那喷出来的大米的香
从眼睛灌进耳朵
再沁到你的肺里

炸米花的人
在小镇上支起家艺
"砰""砰""砰"地
爆米花香满街都是
奶奶换上干净的蓝布褂
牵着你和弟弟的手排长队

你盯着那双变魔术的手
看着他把一小袋米倒进转炉
左手拉风箱升火
右手左三圈右三圈地旋转
你跑过去帮他支起长布袋
看着他把转炉移过来
踩着炉尾撬开炉口
用一声巨响
留下你的十一岁

171

2015 年 1 月 15 日于荆州

误入人间的麻雀

秋收农场的麻雀
并不比夜明珠广场的麻雀
更喜欢人间
但它们更爱
叽叽喳喳歪着脖子
拿小眼睛瞪着陌生世界

它们其实
并不能真正分辨出
岑参、岑河和沉河的区别
也许我们也一样
分辨不出
真的诗人和麻雀

但我还是爱上他们
你看
那只斜眼睛
站在我手指头上的小家伙
我管它叫
明月

小山丘

鸢尾花比目光
更先抵达这个小山包
比它更早的是
松针

它们层层铺在上面
让大地柔软
给黄粱梦准备枕头
没有羊群
风一吹，燕子就落下来
露出辽阔的天空

这一次，我独自在公园一隅
远离世人
没有墓碑，没有经幡
把自己摆在上面
好像刚刚死过

在黄埔军校旧址
——写给戴安澜

那么近
这些伸手就可以握住的白云
从地板上弹了起来
变成不安分的秋千

画中那个翩翩少年
从墙上走下来

而我，却逆着他的方向
走进那风云宕荡之中
替他读书，打仗，给爱人写信
并代替他
死在异邦

那些我代替不了的
它们多么安静
譬如从小叶榕叶子缝隙里
漏下来的光阴
譬如你们
遗留在人间的爱情

（发表于《诗刊》2019 年 4 月下半月刊）

鸽子

它拿小眼睛看你时
你正在看那个阿拉伯女子

那是在意大利
春天里有长长的裙子

她轻抚羽毛
空气里到处都是
流动的翅膀

她抚摸的那个
斜着眼睛的小家伙
你曾经在家乡
见它飞过

那时候你也被黑面纱
包住额头

（发表于《诗刊》2019 年 4 月下半月刊）

蚊帐

藏青色的垃圾桶
戴袖筒的老妇人

热浪中，有亮光
穿过它们的昏暗
麦冬草仿佛在暗中生长

满是青筋的手缓慢地理蚊帐
我看着它把沾在上面的脏东西
掸下，再把它一层层地折起
那动作有点像妈妈

被污水浸泡的蚊帐
就像小时候
罩在竹床上的那一床
暗褐色慢慢渗下来
像我躲在竹床下
因为紧张而出的汗

妈妈慢慢地
理顺它，但蚊帐并没有因为
被理顺变得温暖
它们乱哄哄地

躲在我脑袋里

就像她身后突然

掉下来的那朵

紫薇花

小寒

来说说雪花吧
说说这小寒
说说一生最渴望的事
说说这小寒之夜的
等待

想象它飘落的样子
六角形的脑袋
每一个，落下时的形状
遇见了方，它就变成方
遇到了圆，它变成圆
遇到了夜色，它就变成更深的夜色
遇到了黑，它用白去掩盖
遇到了丑，它就用美来把它掩埋

而更多的丑
被埋在了深处
埋在你看不到
也摸不着的地方
就像深夜里
你听到窗外的怒吼
那里仿佛还有
尚未熄灭的火焰

姿势

那个湖北人的声音高亢而又紧张
像刀子一样刺向众人，然后被逆向的力
反弹回来，蜷缩着，像一条被掐住七寸的
蛇，仿佛那不是来自他滚烫的
胸腔，而是来自一个陌生的
角落。众人的目光，像蝴蝶的翅膀
随他的双手在声音里抖动，划出一道
乳形波浪。他停下来，用燃烧起来的眼神
喊出一个名字。是的，一个女人的名字。
他们谈论的那个女人来自一部未完成的
作品。她温润，如凝脂，捏在手里
就像一块笔架形和田玉。
对结局，他并不满意。借着酒意
他把她藏了起来，就像藏起一轮玫瑰色的
月亮。屋子里突然变得安静，仿佛可以听见
鱼在盘子里游弋，众人屏住呼吸，看他
从槐树的腹中拽出了另外一个少女

梦回西园

应该如何才能回到元丰
初年，回到西园的华灯下
在景元道长的阮声里
回到秦观先生的纤云中
那时候，我想
我应该是米襄阳笔下的石头

反过来也一定会很有意思
我可以在月光下设宴，点上
塞外胳膊粗的蜡烛。把你们请出
画卷，还可以把李白请回来
喝酒，让美人为我们弹奏胡笳

十八拍未尽，有人就已经老去
往生的，就让他们往生去吧
无生的，何必有恨呢！
要不，把东坡先生请到台上
让他铁板铜琶唱一曲
多年后他才写下的
《念奴娇·赤壁怀古》吧
要是那样的话，李公麟或许
就有了足够的时间，可以把我
也画进后世那幅著名的
《西园雅集图》中

大寒的月亮

这纯粹的月亮，最先
从一首诗里升起
现在，站在小众书坊的露台上
我刚好可以看见它落进
后圆恩寺的黄昏

它是摄影师 Boey 的月亮
在她的构图中，我们被置于
同一个平面。它也是
西娃的月亮，是阿赫玛托娃的月亮
是替全天下人承受苦难的

月亮。它一直陪着我
那么亲切地悬于我的头顶，但我知道
我永远不可能触摸到它的
柔软，除非我想念的那个人
望着它时——
看到了我的眼泪

2019 年 1 月 20 日

冠豸山抒情

1.

七秒钟，已经足够

让叶子从树上落下

已经足够，让一张床摆脱梦中的

挣扎，已经足够让你

重新站在五道口，已经足够

让我们看到洪水中逸出那道光

那被大水裹住的黑暗

在山谷里涌动，所有溪流

都被它吞噬。植物的泪水

汇成暗流，驱赶大地深处的

昆虫。小狗歪着脑袋

从电梯里探出头"汪汪汪"地狂叫

你光着脚，在齐膝盖深的水里

敲门，每走一步都可以听到

湍流的水在脚掌底下旋转

每敲一次门，都可以听到

被浪花反弹回来的喘息声

一只蚂蚁从瞌睡中惊醒

趴在野玫瑰的叶子上

惶恐地面对着，不知是谁

从梦里，唤出的汪洋

亲爱的女孩，谢谢你

唤来萤火虫，让我们在小餐馆的盘子上

敲打熟悉的旋律，让我们在桌子上

跳舞，在打碗花里旋转

……直到大雨停下

2.

我们以文学的名义往连城飞去

在白云的牙齿里，观察一万米高空

河流的形状

我们像马一样被放牧在天上

插上自以为是的翅膀，谁也不知道

第二天晚上，有人就会变成

黑色的山羊

3.

暴雨，从天上落下

我更倾向于那是眼泪，是悲伤

是被冲洗的人间苦难。它们被云层聚拢
又被命运否定，射向不确定的

地方。就像你看见屋子里
到处都是水，而有人却
看到了机会和希望。那些混浊的
带着死亡和疾病的水，像黑色的影子
漫过地板、插座、床头柜
漫过床沿时，没有人确定
那电源是否被紧急切断

房间里飘浮着衣服、相机
笔记本电脑和电视机
沉睡的人在梦中陷入黑暗
他们不知道，下一秒钟
醒来时踏进的是天堂
还是死亡

4.

值得庆幸的是
一场本该被取消的聚会
在滂沱的大雨中
让小酒馆里漫进
浓浓春意

即将离去的人
用诗歌、摇滚和酒杯驱散
料峭春寒。甚至挽救了一群
有可能在梦中溺亡的生命

我们用酒杯盛起往事
在冠豸山帽子的形状里
没有流出眼泪

你离开座位
向老朋友敬酒，举杯
你不知道
你端起酒杯的样子
有多美！

5.

我想变成一尾鱼
游进蔚蓝色的梦里去
可惜的是，那时候
我喝醉了，像一头笨熊
坐在大堂里呵呵傻笑

你拿着笔，对着通讯录画出

一个又一个椭圆形的
形状，用颤抖的声音
点名，把我们安置在
二百年不遇的洪水带来的

蚊子里。让我无比羞愧的是
一个柔弱的肩膀
在我们醉酒时承担着
原本应该是男人承担的
突如其来的挑战和危机

我不知道，面对生死时
我能不能够做到你这样坦然
钱财、衣服也许是身外之物
可是生命呢？哪怕是
从一开始你就没有考虑的
你自己的生命

6.

人群像洪水散去
有人误机，改坐高铁
辗转至厦门，延误 24 小时回去
有人飞到南京，再转至
云南和昆明

只有你留下来
面对堆在大堂里的

书包、衣服、笔记本和相机
面对眼泪、过度的惊吓
心悸、律师、医生
赔偿与恐惧

7.

坐在回家的飞机上
我特别怀念在冠豸山的
第一个晚上，那时候
我坐在石门湖畔，透过松梢
偷偷观察藏在石头里的
月亮。胖头鱼浮出水面
吹出泡泡，好像编织出来的
那些关于你的梦幻

你坐在湖边的秋千上
我把白天从后山采来的
栀子花，在傍晚时分
送给了你，我亲爱的姑娘

你听到那蛐蛐声了吗？
它们叫得那么开心
仿佛已经深深陷入
那些梦幻

8.

来一杯咖啡怎么样？
巧克力的，我要两块糖

那条鱼跃出了湖面，它
在你的眼中瞥见了蜻蜓的模样
那么蝴蝶呢？它们亲近花朵
难道是为了让天空怀孕？
那个黑眼圈女孩打着呵欠

"我年轻时也患有起床恐怖症
脑袋里长满了帕慕克的怪东西
也许，只有我的爱人才可以
将我唤醒"

9.

那件蓝白条纹的衣裳真好看！
那是我男朋友从杭州带回来的惊喜

那时候他从购物中心归来
在梦中看见了我湿漉漉的头发

它们在风中飞舞，像桂花流下的眼泪
又像是一簇狗尾巴草，被风轻轻吹动

10.

华南生藤比竹子还要坚硬
我们往后山攀爬
用它来抽打天下第一蛋
把群峰踏在脚下

蓝色光链从被撕裂的天空
坠下，雷声犹如一道道霹雳
拍打着三只鹅的翅膀

它们并没有飞走
只是躲在看不到的角落
被涌起的浪花打湿了衣裳

11.

后山的橘子树看见

洪水涌进了窗户

你看见了水蜘蛛了吗？

它们在寻找我丢失的东西

难道是来寻找丢失的魂魄的吗？

那些被我隐藏起来的秘密

销毁它们至少要

五万元人民币

12.

看到那个女孩了吗

她卷起裤脚的样子

真好看

亲爱的姑娘，到湖边坐会吧

等露水出来，你就可以

用它藏起许下的愿望

一颗流星划过

我们小时候经常这样

2019 年 8 月 12 日